Лисицата и Жеравът

Басня от Езоп

The Fox and the Crane

An Aesop's Fable

retold by Dawn Casey

illustrated by Jago

Bulgarian translation by Nina Petrova-Browning

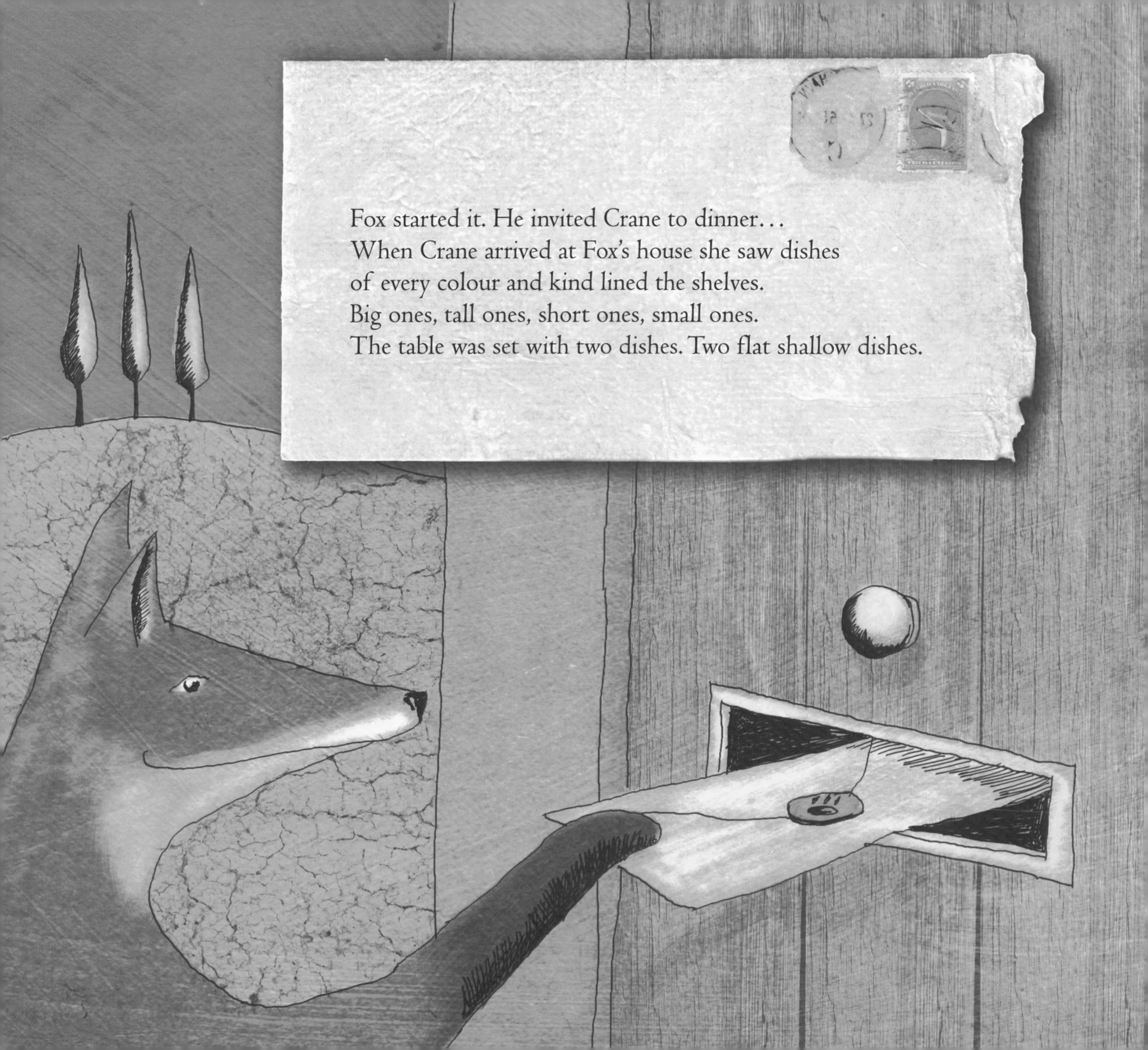

Fox started it. He invited Crane to dinner…
When Crane arrived at Fox's house she saw dishes
of every colour and kind lined the shelves.
Big ones, tall ones, short ones, small ones.
The table was set with two dishes. Two flat shallow dishes.

Всичко започнало от Лисицата. Тя поканила Жерава на вечеря…
Когато Жеравът пристигнал в къщата на Лисицата, видял
съдове от всякакъв цвят и форма подредени по полиците.
Големи, високи, ниски, малки.
На масата били приготвени два съда. Два плоски, плитки съда.

Жеравът кълвял ли кълвял с дългия си тънък клюн. Но въпреки усилията си, не успял и капка да вкуси от супата.

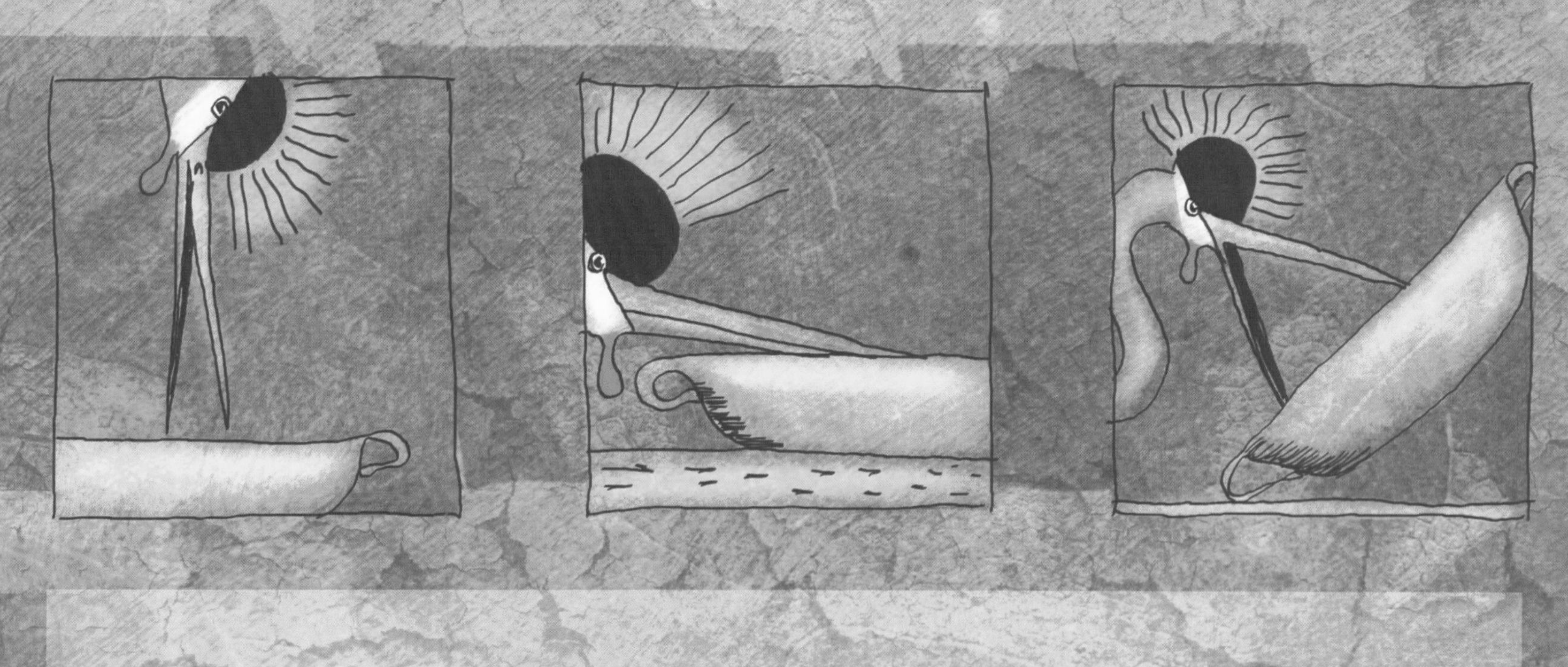

Crane pecked and she picked with her long thin beak. But no matter how hard she tried she could not get even a sip of the soup.

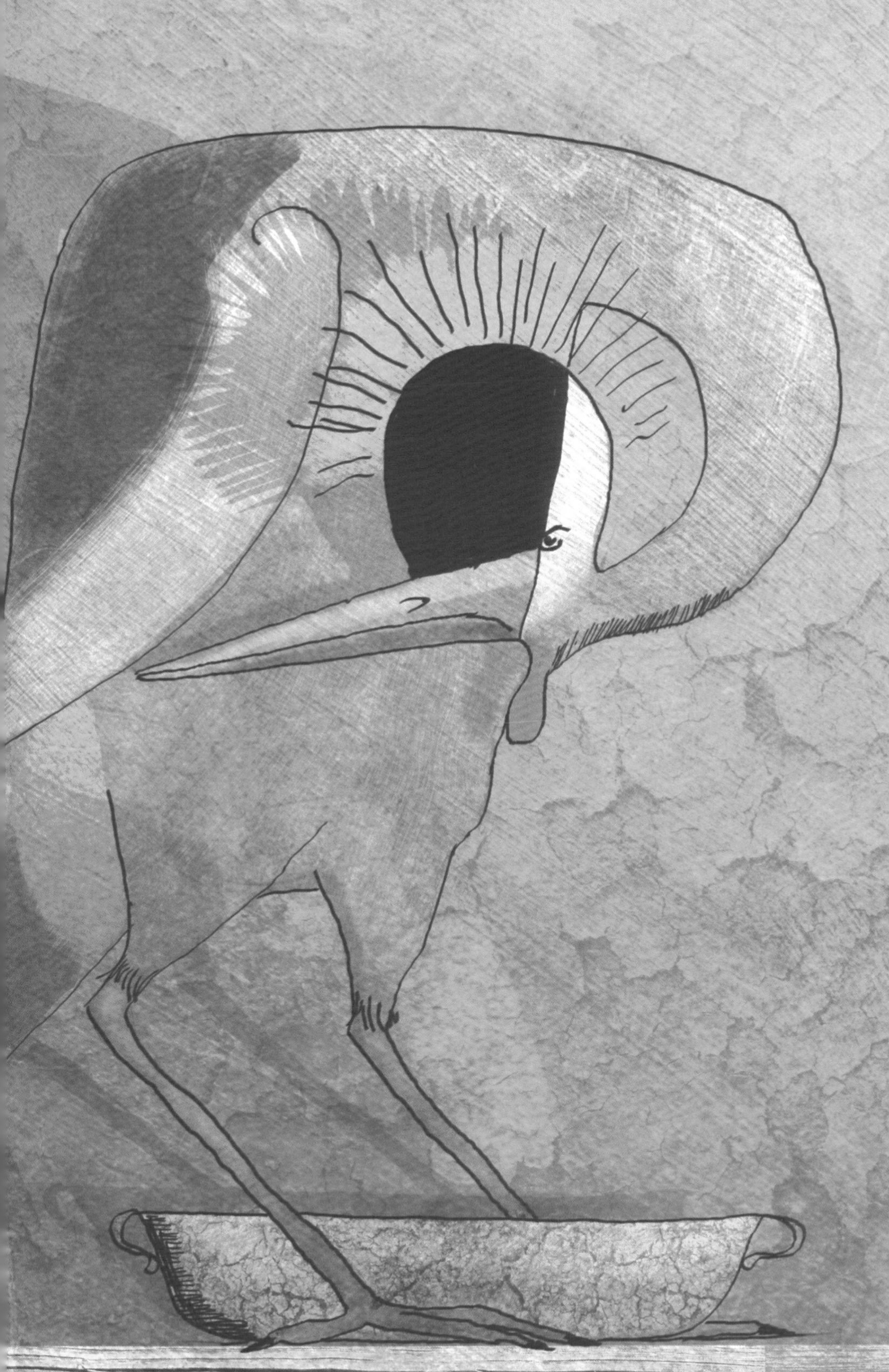

Лисицата наблюдавала как Жеравът се мъчи и се подсмихвала. Тя повдигнала своята супа към устата си и СРЪБ, МЛЯС, ХАМ излапала всичко.
“Ммм, вкусно!” - казала подигравателно тя и избърсала мустаците си с обратната страна на лапата си.
“О, Жераве, не си докоснал супата си.” - казала Лисицата с насмешка. “Съжалявам, че не ти хареса.” - добавила тя като се опитвала да не избухне в смях.

Fox watched Crane struggling and sniggered. He lifted his own soup to his lips, and with a SIP, SLOP, SLURP he lapped it all up.
“Ahhhh, delicious!” he scoffed, wiping his whiskers with the back of his paw.
“Oh Crane, you haven’t touched your soup,” said Fox with a smirk. “I AM sorry you didn’t like it,” he added, trying not to snort with laughter.

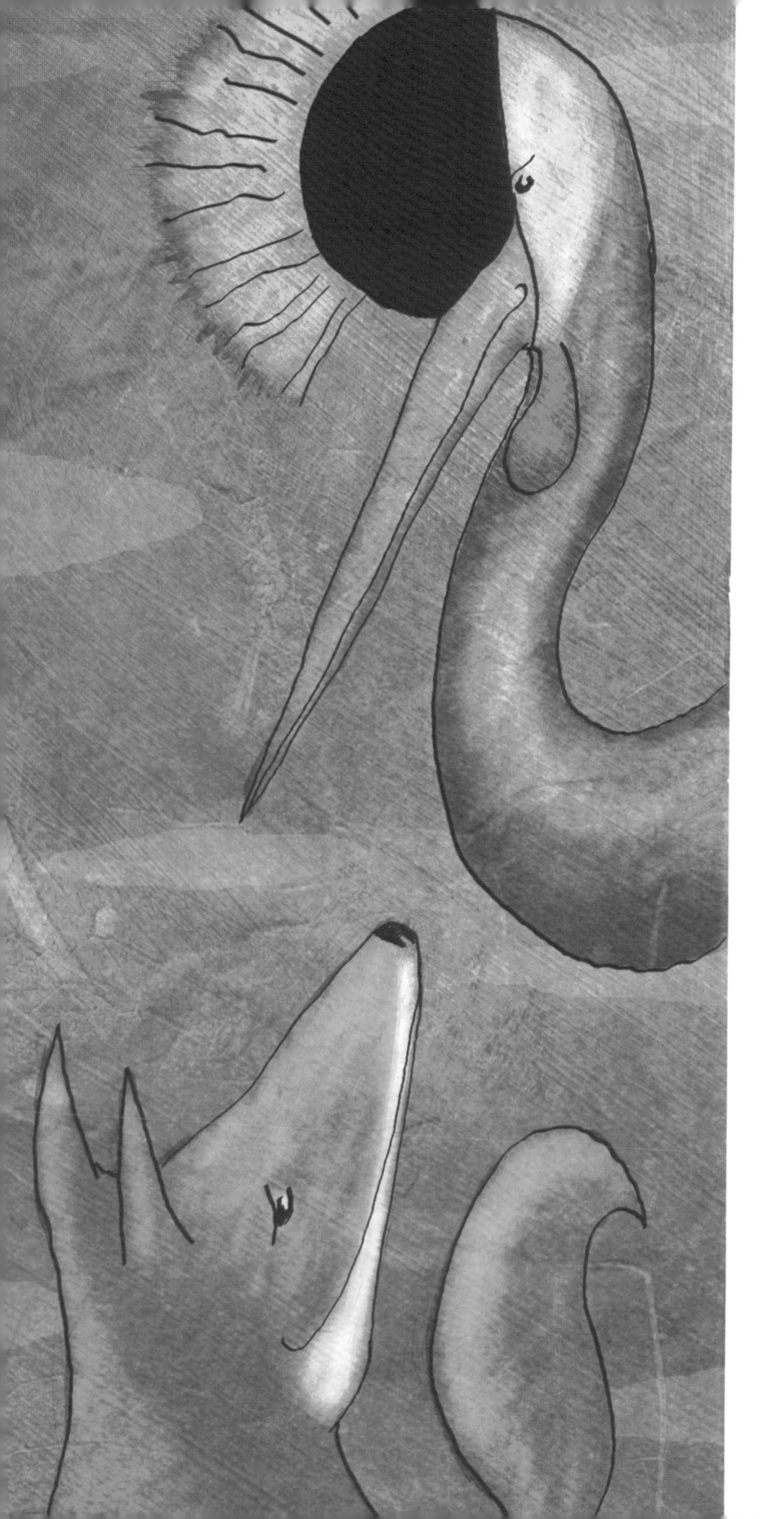

Жеравът не казал нищо. Погледнал яденето. Погледнал чинията. Погледнал Лисицата и се усмихнал.
“Скъпа Лисице, благодаря ти за гостоприемството” - казал Жеравът учтиво. “Моля те, нека да ти се отблагодаря; ела ми на гости за вечеря.”

Когато Лисицата пристигнала, прозорецът бил отворен. Миризмата на нещо много вкусно се носела оттам. Лисицата повдигнала муцуната си и подушила. Устата и се напълнила със слюнка. Стомахът й започнал да къркори. Тя облизала муцуната си.

Crane said nothing. She looked at the meal. She looked at the dish. She looked at Fox, and smiled.
“Dear Fox, thank you for your kindness,” said Crane politely. “Please let me repay you – come to dinner at my house.”

When Fox arrived the window was open. A delicious smell drifted out. Fox lifted his snout and sniffed. His mouth watered. His stomach rumbled. He licked his lips.

“Скъпа ми Лисице, заповядай, влез.” -
казал Жеравът като протегнал
крилото си грациозно.
Лисицата бързо се вмъкнала вътре.
Тя видяла съдове от всякакъв цвят
и форма подредени по полиците.
Червени, сини, стари, нови.
На масата били приготвени два съда.
Два високи, тесни съда.

“My dear Fox, do come in,” said Crane,
extending her wing graciously.
Fox pushed past. He saw dishes of
every colour and kind lined the shelves.
Red ones, blue ones, old ones, new ones.
The table was set with two dishes.
Two tall narrow dishes.

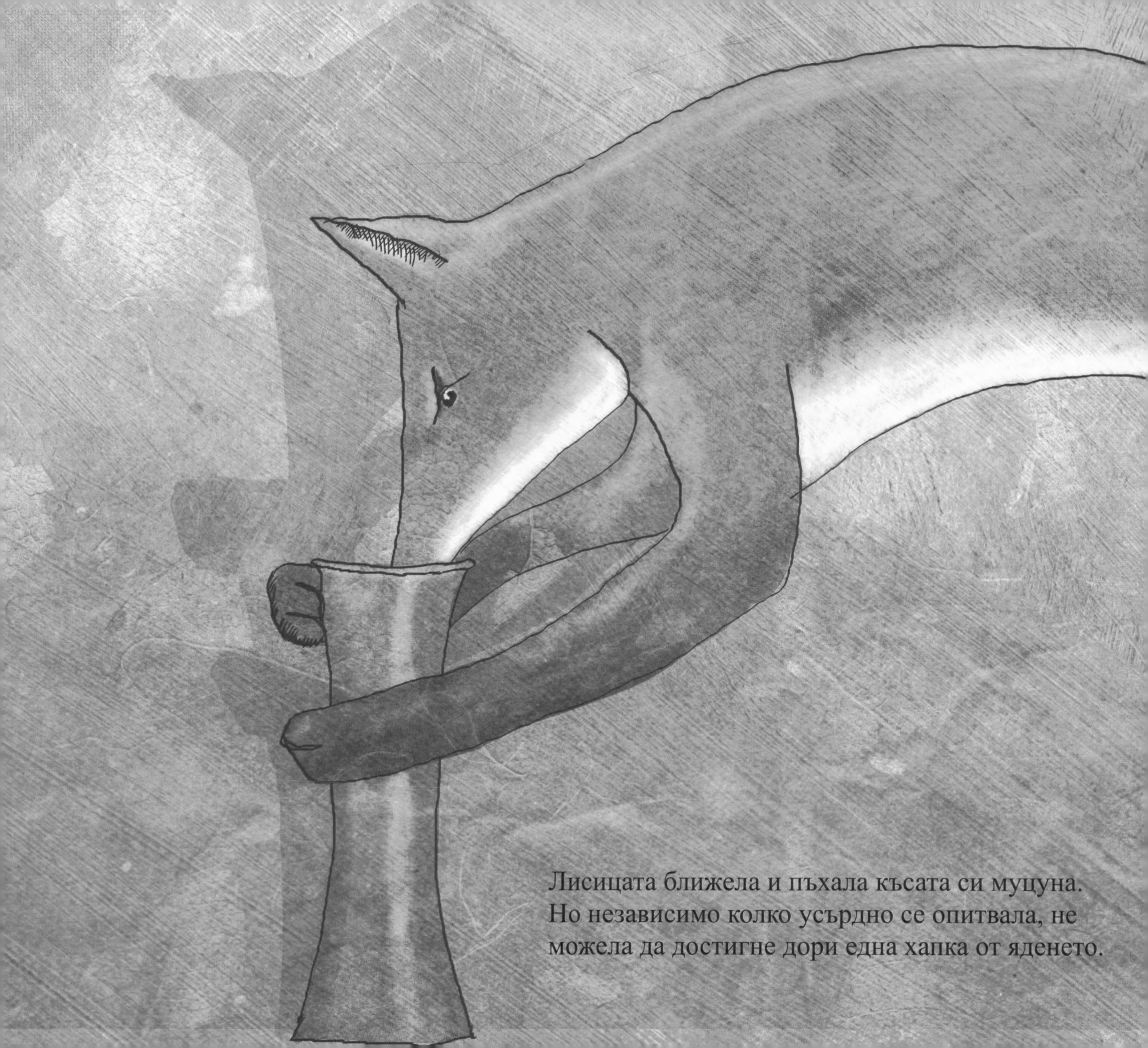

Лисицата ближела и пъхала късата си муцуна.
Но независимо колко усърдно се опитвала, не
можела да достигне дори една хапка от яденето.

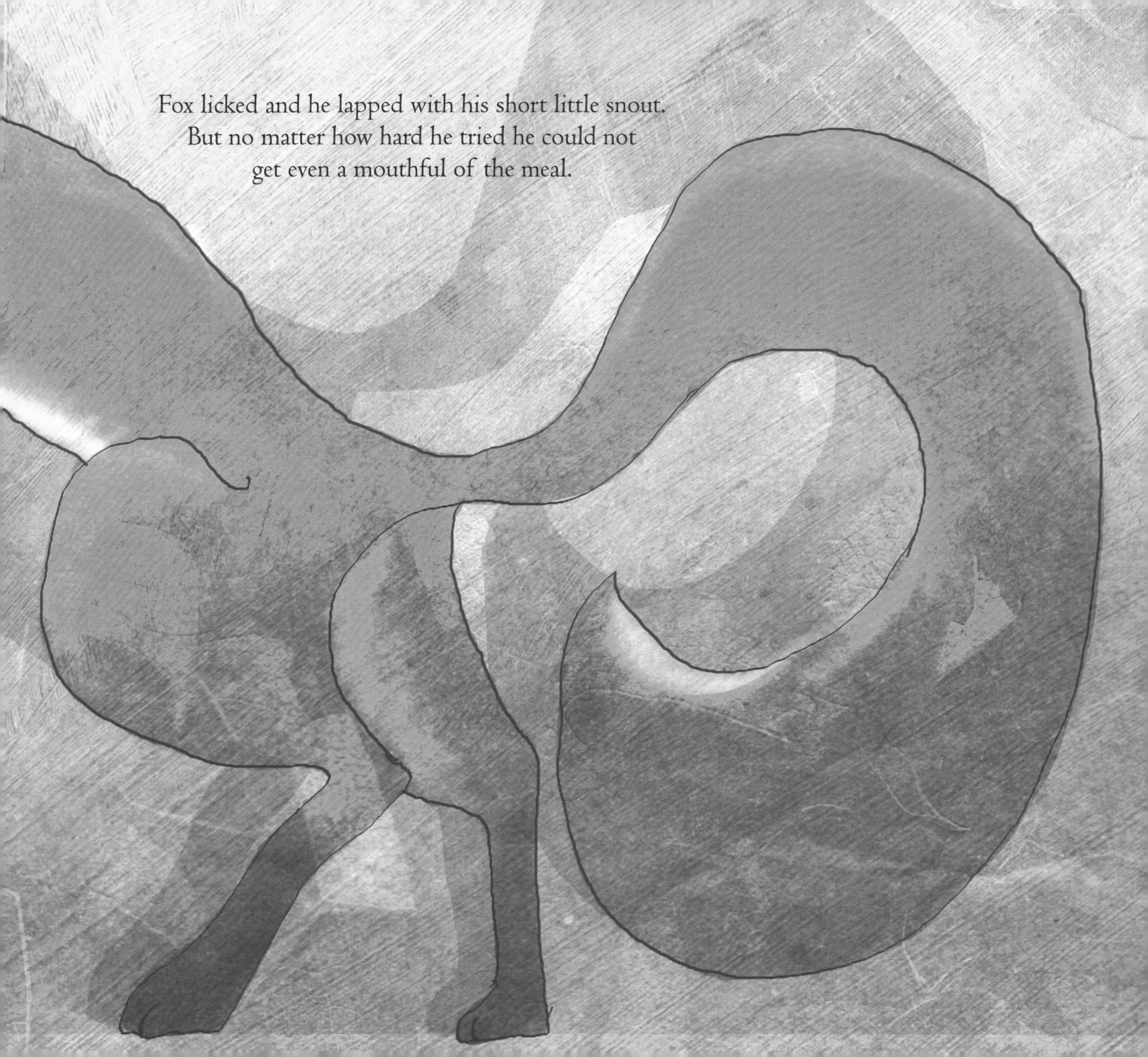

Fox licked and he lapped with his short little snout.
But no matter how hard he tried he could not
get even a mouthful of the meal.

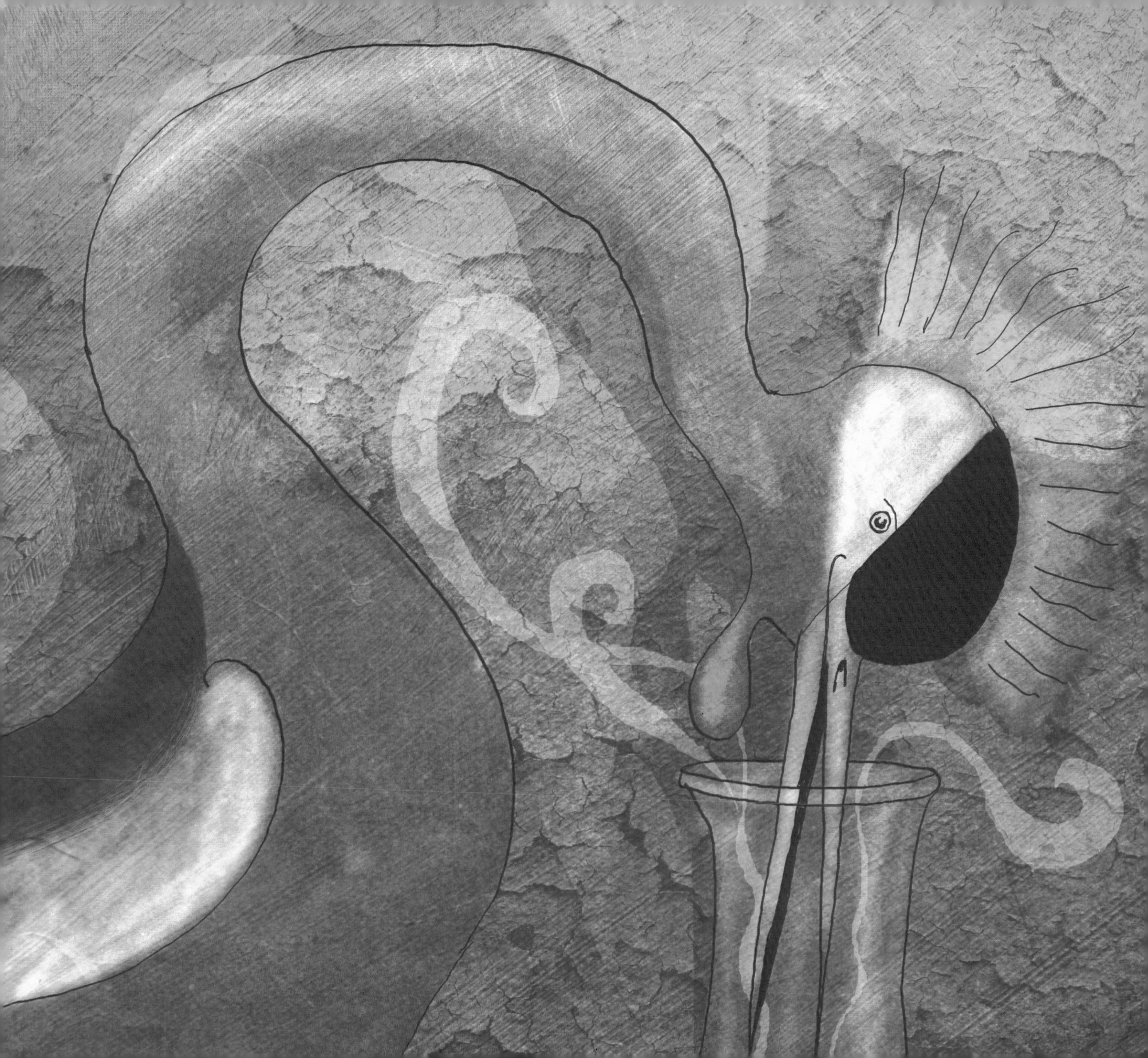

Жеравът изял бавно всичкото си ядене като се наслаждавал на всяка хапка.
"Скъпа Лисице, много ти благодаря, че дойде - усмихнал се той - за мен беше удоволствие да ти се отблагодаря за гостоприемството."

Коремът на Лисицата клокочел и къркорел.
И когато се прибрала вкъщи, все още била гладна.

Crane ate her meal very slowly, savouring every mouthful.
"Dear Fox, thank you so much for coming," she smiled, "it has been a pleasure to repay your kindness."

Fox's tummy gurgled and grumbled.
And when he went home, he was still hungry.

The Fox and the Crane

Writing Activity:
Read the story. Explain that we can write our own fable by changing the characters.

Discuss the different animals you could use, bearing in mind what different kinds of dishes they would need! For example, instead of the fox and the crane you could have a tiny mouse and a tall giraffe.

Write an example together as a class, then give the children the opportunity to write their own. Children who need support could be provided with a writing frame.

Art Activity:
Dishes of every colour and kind! Create them from clay, salt dough, play dough… Make them, paint them, decorate them…

Maths Activity:
Provide a variety of vessels: bowls, jugs, vases, mugs… Children can use these to investigate capacity:

Compare the containers and order them from smallest to largest.

Estimate the capacity of each container.

Young children can use non-standard measures e.g. 'about 3 beakers full'.

Check estimates by filling the container with coloured liquid ('soup') or dry lentils.

Older children can use standard measures such as a litre jug, and measure using litres and millilitres. How near were the estimates?

Label each vessel with its capacity.

The King of the Forest

Writing Activity:
Children can write their own fables by changing the setting of this story. Think about what kinds of animals you would find in a different setting. For example how about 'The King of the Arctic' starring an arctic fox and a polar bear!

Storytelling Activity:
Draw a long path down a roll of paper showing the route Fox took through the forest. The children can add their own details, drawing in the various scenes and re-telling the story orally with model animals.

If you are feeling ambitious you could chalk the path onto the playground so that children can act out the story using appropriate noises and movements! (They could even make masks to wear, decorated with feathers, woollen fur, sequin scales etc.)

Music Activity:
Children choose a forest animal. Then select an instrument that will make a sound that matches the way their animal looks and moves. Encourage children to think about musical features such as volume, pitch and rhythm. For example a loud, low, plodding rhythm played on a drum could represent an elephant.

Children perform their animal sounds. Can the class guess the animal?

Children can play their pieces in groups, to create a forest soundscape.

Царят на гората

Китайска басня

The King of the Forest

A Chinese Fable

retold by Dawn Casey

illustrated by Jago

Bulgarian translation
by Nina Petrova-Browning

Лисицата си вървяла из гората, когато чула нещо да мърда в дългата трева.

ШУМОЛЕНЕ Нещо голямо.
ПРИМИГВАНЕ Нещо с жълти очи.
БЛЯСЪК Нещо със зъби като ножове.

Fox was walking in the forest when he heard something moving in the long grass.

RUSTLE Something big.
BLINK Something with yellow eyes.
FLASH Something with teeth like knives.

“Добро утро, малка лисичке.” - се озъбил Тигърът, а устата му била само зъби.
Лисицата преглътнала с усилие.
“Радвам се да те видя. - измъркал Тигърът - Тъкмо започвах да огладнявам.”
Лисицата бързо съобразила. “Как смееш! - казала тя - Не знаеш ли, че съм Царят на гората?”
“Ти! Царят на гората?” - казал Тигърът и се залял от смях.
“Ако не ми вярваш, - отвърнала Лисицата с достойнство - тръгни след мен и ще видиш - всеки се страхува от мен.”
“Това трябва да го видя.” - казал Тигърът.
И така, Лисицата тръгнала бавно през гората. Тигърът я последвал гордо с високо вдигната опашка, когато…

“Good morning little fox,” Tiger grinned, and his mouth was nothing but teeth.
Fox gulped.
“I am pleased to meet you,” Tiger purred. “I was just beginning to feel hungry.”
Fox thought fast. “How dare you!” he said. “Don't you know I'm the King of the Forest?”
“You! King of the Forest?” said Tiger, and he roared with laughter.
“If you don't believe me,” replied Fox with dignity, “walk behind me and you'll see – everyone is scared of me.”
“This I've got to see,” said Tiger.
So Fox strolled through the forest. Tiger followed behind proudly, with his tail held high, until…

КРЯК!
Огромен ястреб с остър клюн! Но, ястребът видял Тигъра и се скрил в дърветата.
"Виждаш ли? - казала Лисицата - Всеки се страхува от мен!"
"Невероятно!" - казал Тигърът.
Лисицата закрачила през гората. Тигърът я последвал тихо, с леко сведена опашка, когато...

SQUAWK!
A huge hook-beaked hawk! But the hawk took one look at Tiger and flapped into the trees.
"See?" said Fox. "Everyone is scared of me!"
"Unbelievable!" said Tiger.
Fox strode on through the forest.
Tiger followed behind lightly,
with his tail drooping slightly,
until...

РЪМЖЕНЕ!
Голяма черна мечка! Но мечката хвърлила само един поглед към Тигъра и се втурнала в храстите.
“Виждаш ли? - казала Лисицата - Всеки се страхува от мен!”
“Нечувано!” - казал Тигърът.
Лисицата замарширувала през гората. Тигърът я последвал смирено с опашка, влачеща се по земята, когато…

GROWL!
A big black bear! But the bear took one look at Tiger and crashed into the bushes.
“See?” said Fox. “Everyone is scared of me!”
“Incredible!” said Tiger.
Fox marched on through the forest. Tiger followed behind meekly, with his tail dragging on the forest floor, until…

СССССС!
Дебнеща, гъвкава змия! Но змията видяла Тигъра и се шмугнала в гъсталака.
"ВИЖДАШ ЛИ? - казала Лисицата - ВСЕКИ СЕ СТРАХУВА ОТ МЕН!"

HISSSSSSS!
A slinky slidey snake! But the snake took one look at Tiger and slithered into the undergrowth.
"SEE?" said Fox. "EVERYONE IS SCARED OF ME!"

“Виждам, - казал Тигърът - ти си Царят на гората и аз съм твой верен слуга.”
“Добре, - казала Лисицата - тогава се махай!”

И Тигърът си тръгнал с подвита опашка.

“I do see,” said Tiger, “you are the King of the Forest and I am your humble servant.”
“Good,” said Fox. “Then, be gone!”

And Tiger went, with his tail between his legs.

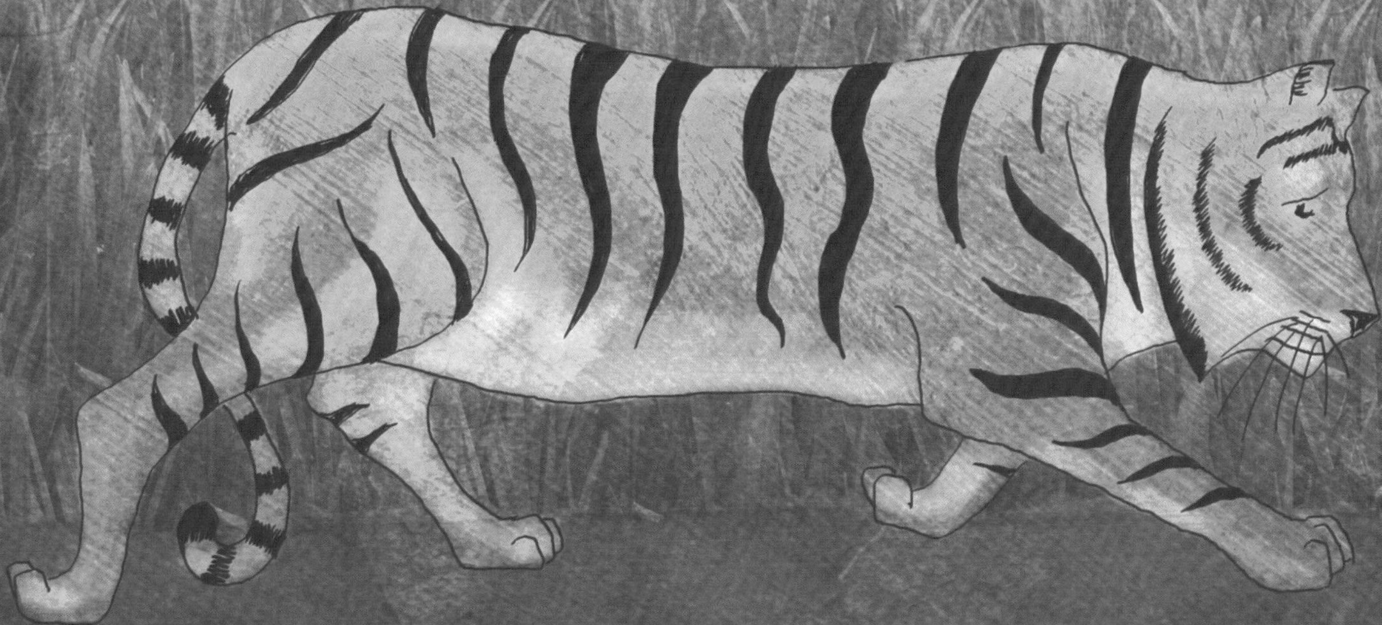

“Цар на гората!” - си казала Лисицата с усмивка. Усмивката й прераснала в ухилване, а ухилването прераснало в кикот и Лисицата се смяла гръмко по целия път към къщи.

“King of the Forest,” said Fox to himself with a smile. His smile grew into a grin, and his grin grew into a giggle, and Fox laughed out loud all the way home.

To my Nana, with love - DC

For my wife, Alex - J

First published in 2006 by Mantra Lingua Ltd
Global House, 303 Ballards Lane
London N12 8NP
www.mantralingua.com

This edition 2012

A CIP record for this book is available from the British Library